bonhomme de neige

À tous ceux et celles qui sont différents,
qu'autour de ces différences
nous soyons solidaires et aimants.
M.

À Étienne, Valère, Loulou, Mathilde,
Eliott, Jeanne, Rubène, Kio, Sunny et Luna.
T. B.

Dépôt légal : octobre 2018
ISBN : 978-2-0814-4038-8
Imprimé en République Tchèque par PB Tisk – 07-2018
Éditions Flammarion (L.01EJDN001582.N001) – 87, quai Panhard-et-Levassor, 75647 Paris Cedex 13
Loi n° 49-956 du 16 juillet 1949 sur les publications destinées à la jeunesse

bonhomme de neige

Une histoire de Magdalena
Illustrée par Thomas Baas

PÈRE CASTOR

Au Pays Blanc,
on voit venir de loin le Père Noël,
tout de rouge vêtu.

On le regarde, on le salue.
Il est content, il sourit.

Le Bonhomme de Neige passe inaperçu.
Qui se soucie de lui ?

Qui le voit ?

Personne !

INFOS
BP
NOËL

Le pauvre Bonhomme de Neige pleure
et se lamente sur son sort.
Il se plaint à ses amis :
– Blanc sur blanc, je suis comme transparent !
C'est tout juste si on ne me marche pas dessus.
D'ailleurs, l'an passé,
personne ne m'a invité à danser.
Alors c'est décidé,
je n'irai pas au bal de la nouvelle année.
J'en ai assez !!

Ses amis s’agitent autour de lui,
contents d’avoir trouvé une solution.
– Mets donc mon bonnet bleu sur ta tête !
lui dit un lutin en lui donnant son bonnet.

– Prends cette carotte orange
comme nez !
lui dit un renne
en lui tendant sa carotte.

– Enroule donc mon écharpe jaune
autour de ton cou !
lui dit un nain
en lui offrant son écharpe.

– Enfile donc mes bottes rouges !
lui dit le Père Noël
en déchaussant ses bottes.

À présent Bonhomme de Neige est habillé
de couleurs de la tête aux pieds !
Il déambule tout content
en saluant les passants.
Ce soir, ce ne sera plus comme avant :
il se sent différent.

Au bal de la nouvelle année,
il fait voler son écharpe jaune,
il tourne en faisant danser son bonnet bleu,
il tourbillonne en agitant son nez orange,

il virevolte en faisant claquer ses bottes rouges.
Il est si radieux, il est si heureux.

« Qui va gagner cette année
la branche du gardien du Pays Blanc ? »
se demande Bonhomme de Neige
qui rêve de ce trophée depuis si longtemps...

– Lui, lui, lui ! Regardez comme il est coloré !

Les doigts désignent tous Bonhomme de Neige
qui n’en croit pas ses yeux !

– Tu garderas l'entrée du Pays Blanc
tout au long de l'année jusqu'au prochain bal,
lui dit chaleureusement le Père Noël
en lui remettant la branche et en l'embrassant.

Bonhomme de Neige a remporté la branche
pour la tenue la plus remarquée de la soirée.
Il tient fièrement son trophée !

On ne peut pas se tromper
en arrivant au Pays Blanc.
On le voit de loin.
En haut de la montagne,
au milieu des neiges,
un joyeux Bonhomme de Neige
vous accueille en souriant.

Dans la même collection

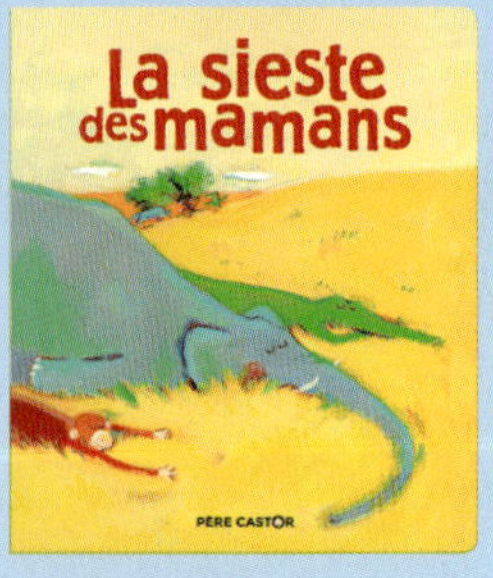

n° 122 | La Sieste des mamans

n° 123 | Pira le rat pirate

n° 128 | Pénélope la poule de Pâques

n° 130 | Un, deux, trois, sorcière!

n° 131 | Moi devant

n° 135 | Les 4 saisons de Tilouloup

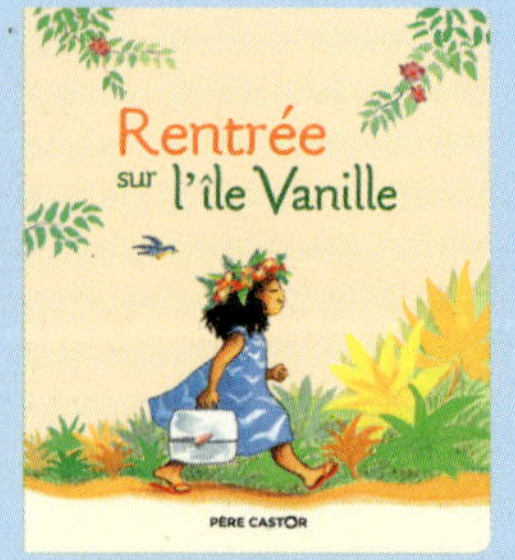

n° 139 | Rentrée sur l'île Vanille

n° 148 | Snow le petit Esquimau

n° 151 | Lou, la brebis

▾ Dans la même collection ▾

n° 5 | Michka

n° 62 | La Petite Fille aux allumettes

n° 77 | Dame Hiver

n° 104 | Le Joueur de flûte de Hamelin

n° 118 | Petite Poule noire comme nuit

n° 140 | La petite oie qui ne voulait pas marcher au pas

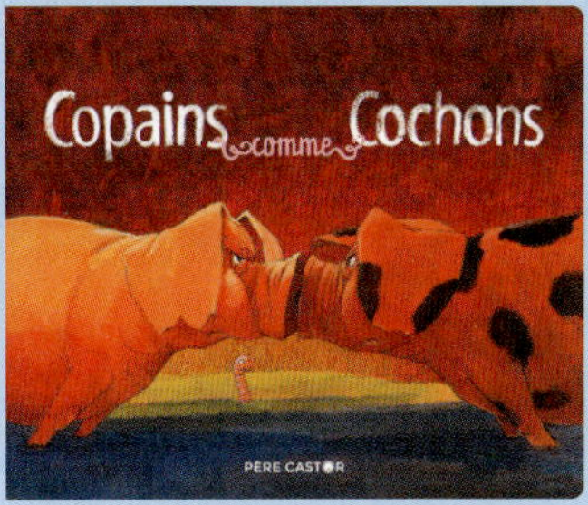

n° 142 | Copains comme cochons

n° 147 | 24 petites souris et la neige de Noël

n° 149 | 24 petites souris avant Noël